DISCOURS
SUR
LA QUESTION
PROPOSÉE PAR L'ACADÉMIE
DES JEUX FLORAUX

POUR L'ANNÉE MIL SEPT CENT SOIXANTE-UN :

La lumière des Lettres n'a-t-elle pas plus fait contre la fureur des Duels, que l'autorité des Lois ?

PAR M. CÉRUTTI.

Nouvelle édition, augmentée d'une Lettre sur les avantages et l'origine de la gaîté française.

A PARIS,
Chez DESENNE, Imprimeur-Libraire, au Palais-Royal, nos. 1 et 2.

1792.

PRÉFACE.

Ce discours a été présenté à l'Académie des Jeux Floraux, où bien loin de remporter le prix, il n'a pas même été jugé digne d'y prétendre (1). Par quel principe les juges se sont-ils conduits ? Ce n'est point ce que j'examine, ni de quoi je m'embarrasse. J'avois travaillé sur ce sujet, parce qu'il m'avoit paru fort beau ; j'avois envoyé mon ouvrage au concours, parce qu'il m'avoit paru assez bon. Je ne l'en estime pas moins, pour avoir été ou méprisé, ou immolé

(1) Le discours ayant pour devise : *Aspera tum positis mitescent sæcula bellis*, n'est point monté au bureau général de l'académie : c'est ainsi que s'exprime M. le secrétaire, dans un billet signé de sa main. C'est-à-dire, que les juges des bureaux particuliers, chargés de revoir les pièces, pour choisir celles qui méritoient d'être examinées au bureau général de l'académie, refusèrent cet honneur à la mienne.

par l'académie, comme je ne l'en estimerois pas assurément davantage, s'il avoit eu un sort plus favorable.

Quoi qu'il en soit, le public sera mon juge. Il n'est ni aveugle ni partial. S'il condamne mon discours au mépris, je l'aurai mérité; s'il l'approuve et demande pourquoi on ne l'a pas même cru digne de disputer la couronne, j'en aurai obtenu une pour le moins aussi flatteuse que celle dont l'académie auroit pu me décorer.

Au reste, on pourroit s'imaginer que j'ai refondu mon discours après l'envoi. Je peux assurer le contraire, et je défie l'académie des Jeux Floraux de trouver que j'y aie fait le moindre changement. Ce n'est pas qu'il n'y ait plusieurs endroits que j'aurois voulu pouvoir retoucher; mais la justice exigeoit que je m'en abstinsse, et je me suis bien gardé de tomber moi-même dans la faute dont j'ai à me plaindre.

DISCOURS.

La lumière des Lettres n'a-t-elle pas plus fait contre la fureur des Duels que l'autorité des Lois ?

TELLE est la grande et importante question que l'amour du bien public a proposée, et que l'amour du bien public va résoudre. Elle contient le plus bel éloge qu'on puisse faire des lettres, et une des plus solides instructions qu'on puisse donner aux rois. Elle est toute propre à faire sentir les avantages que le gouvernement retire des lettres, et les secours que les lettres ont droit d'attendre du gouvernement.

De tous les maux qui ont affligé l'Europe et en particulier la nation française durant les siècles de barbarie et d'ignorance, aucun n'a dû le faire avec plus d'opiniâtreté que la fureur des duels. Trois obstacles presque invincibles s'opposoient à sa guérison, l'empire du préjugé, l'empire de la passion, l'empire de la coutume. Le préjugé en faisoit un honneur; la passion en faisoit un plaisir; la coutume en faisoit un devoir. Les lettres et les lois se sont élevées de concert contre trois principes si funestes. Jugeons par les différens moyens qu'elles ont pris pour les combattre, du différent succès avec lequel elles les ont combattus.

Les lois ont essayé de détruire le préjugé les armes à la main et d'un seul coup; moyen peu sûr : les lettres ont essayé de le décréditer avec art et peu à peu; moyen presque infaillible.

Les lois n'ont pu attaquer la passion que dans ses effets; moyen borné : les lettres l'ont attaquée jusques dans sa source; moyen le plus étendu.

Les lois ont poursuivi la coutume vivement dans un temps, foiblement dans un autre; moyen qui se détruit lui-même : les lettres l'ont poursuivie en tout temps et chaque jour avec de nouvelles forces; moyen qui assure tous les autres moyens.

Qui pourroit douter après cela que la lumière des lettres n'ait plus fait contre la fureur des duels que l'autorité des lois ? Développons ces premières idées : exposons dans son plus grand jour un sujet qui ouvre un si vaste champ à la vérité et à l'éloquence. Si nous n'avons pas le bonheur de mériter le prix destiné à l'éloquence, méritons du moins le prix destiné à la vérité.

PREMIÈRE PARTIE.

RIEN n'a plus contribué à maintenir si long-temps chez les Français la fureur exécrable des duels, que l'empire du préjugé. Ce préjugé consistoit à croire que rien n'empêchoit de venger un affront par un meurtre ; que c'étoit à la force, et non à la raison, de juger un différent ; que l'emploi des gladiateurs étoit le plus bel emploi des héros ; et qu'ainsi tout duel étoit également permis, nécessaire, honorable.

Quelque insensé, quelque horrible que fût un pareil préjugé, tout devoit cependant concourir à l'accréditer dans des temps où l'on étoit si éloigné d'avoir des idées nettes sur l'humanité, sur la justice, sur l'héroïsme : dans des temps où l'ignorance & la férocité persuadoient à la nation que l'héroïsme n'étoit que pour la bravoure, la justice que pour la foiblesse, l'humanité que pour l'amour.

Eh ! que pouvoit-il y avoir dans ces temps déplorables qui s'armât contre le préjugé ? La politique des souverains ? Elle lui applaudissoit, dans le dessein de le faire servir d'aliment à la valeur, peut-être aussi de supplément à la police : elle espéroit de trouver en lui, d'un côté, le plus ferme soutien des braves, de l'autre, le fléau le plus redoutable des brigands (*a*). Les oracles de la religion ? Ils étoient muets, ou ne parloient que d'après ceux du préjugé ; ils le justifioient, ou du moins ne le condamnoient pas (*b*). La lumière des Lettres ? Elle ne brilloit pas encore, à moins qu'on ne la confonde avec ces fausses lueurs jetées de temps en temps dans la nuit de la barbarie, comme des éclairs au milieu d'une tempête, pour en redoubler l'horreur, bien plus que pour la dissiper (*c*).

Soutenu par l'ignorance, toléré par la religion, encouragé par la politique, le préjugé ne trouvoit par-tout que des esclaves soumis aveuglément à son empire. Personne n'auroit osé s'y soustraire. A sa voix, le laboureur étoit forcé de quitter ses champs, l'artiste son atelier, le militaire son poste, le courtisan son prince, le prêtre même quelquefois son dieu, pour aller gaîment s'égorger sur l'arène (*d*). Les uns y venoient chercher la gloire ; d'autres la vérité ; plusieurs l'innocence. Le préjugé aveugloit tellement les esprits, que quelques-uns ne désespéroient pas d'y rencontrer la piété ; et l'on vit plus d'une fois le vainqueur, en retirant son épée des entrailles de son rival, se prosterner par terre, et offrir à la religion une victime qu'il venoit d'immoler à la fureur (*e*).

Que de sang répandu ! que de braves sacrifiés ! que de familles éteintes par cet horrible préjugé ! Les souverains qui l'avoient pris si long-temps pour le défenseur de leurs états, s'aperçurent enfin qu'il en étoit le destructeur. Touchés de ses ravages, alarmés de ses progrès, ils songèrent à les arrêter. Ils s'appliquèrent à renverser le préjugé avec le même zèle qu'ils l'avoient soutenu, mais non avec les mêmes armes. Ils l'avoient soutenu par les récompenses, par l'estime, par l'honneur : pour le renverser, ils eurent recours à l'autorité, aux châtimens, à la violence. Ils tirèrent contre lui le glaive de la loi (*f*) : ils firent gronder sur sa tête le tonnerre de la vengeance : ils ouvrirent sous ses pieds les abîmes de l'infamie : ils le citèrent publiquement au tribunal de la justice : ils le livrèrent entre les mains des bourreaux : ils crurent que le bon moyen de détromper les esprits, c'étoit de les épouvanter.

Moyen odieux qui n'étoit propre qu'à les irriter. Car il ne faut pas que l'autorité s'aveugle jusqu'à penser qu'elle ait sur nos idées le même pouvoir que sur nos biens ; ni qu'à sa voix nos préjugés tombent aussi promptement que nos têtes. Une erreur, sur-tout si elle est générale, brave les rois, lorsqu'elle ne les asservit pas. La Vérité est fille de la Persuasion et compagne de l'Indépendance : on ne l'apprend ni dans un édit, ni sur un échafaud. Il n'y a que l'industrie ou que le temps qui puissent faire changer de lit à un fleuve ; il n'y a que le temps ou que l'industrie qui puissent faire changer à un peuple d'opinion. La violence est ici, comme par-tout ailleurs, une ressource aussi insuffisante que tyrannique : elle fera des martyrs, jamais elle ne fera des disciples, et jamais, quelque formidables, quelque multipliés qu'ils soient, des châtimens ne suppléeront à des raisons.

Ce fut en vain que, pour frapper sur le préjugé des coups plus terribles et plus décisifs, l'autorité imagina de joindre à ses armes celles de la religion. Le préjugé se forgea de l'approbation que l'église avoit paru lui accorder jusques-là, une espèce de bouclier, avec lequel il repoussa fièrement les anathêmes dont elle cherchoit à l'accabler. Il fit plus : profitant des fausses idées qu'on avoit de la religion et de l'honneur, il plaça l'un si loin de l'autre, qu'il crut pouvoir braver, ou que même il cessa d'entendre dans la carrière de l'honneur, les foudres redoublés qu'on lançoit contre lui du sanctuaire de la religion.

Malgré tous les efforts de l'autorité, le préjugé auroit donc subsisté de même qu'auparavant, si, tandis que les lois essayoient ainsi de le détruire les armes à la main et d'un seul coup, les lettres n'avoient trouvé le moyen de le décréditer avec art et peu à peu. Comment cela? En répandant de tous côtés sur la nation leur lumière bienfaisante. Cette lumière fit en quelque sorte sur la France ce qu'avoit fait sur la terre, ensevelie autrefois dans les eaux, la lumière enflammée du soleil. Peu à peu l'océan de la barbarie s'écoula. Un terrein immense, propre à recevoir le germe de la vérité, fut découvert et cultivé par la philosophie. La connoissance de l'univers, premier fruit de ses travaux, la conduisit à celle de l'homme, et la connoissance de l'homme à celle de ses devoirs. Aussi-tôt ſortirent comme du néant les véritables principes de l'humanité, de la justice et de l'héroïsme.

L'humanité franchit les bornes que lui avoit prescrites l'amour, pour mieux respecter celles que lui imposoit la nature. Elle ne se distingua plus de cette bienveillance universelle que nous devons à tous nos semblables, fussent-ils nos ennemis.

La justice désavoua toute vengeance personnelle, et lui substitua la vengeance publique. Elle ne reconnut plus d'autre pouvoir légitime, ni d'autre jugement décisif que ceux de la loi.

L'héroïsme se sépara de la brutalité, n'admit le courage qu'accompagné de la raison, rejeta le crime aussi constamment que le déshonneur, exigea enfin des hommes qu'ils fussent désormais également prêts à tout sacrifier au devoir et à tout refuser à la passion.

Ce n'est pas que des idées si peu conformes aux opinions reçues se soient établies sans peine et tout à coup dans la nation. La vérité demeura quelque temps cachée auprès des Philosophes qui avoient été les premiers à l'accueillir. Encouragée par eux à se montrer au grand jour, elle vint trouver les poëtes et les orateurs. Les poëtes s'appliquèrent à l'embellir et à lui soumettre, par le double attrait de l'imagination et de l'harmonie, ce sexe et cet âge chez qui le vrai n'est souffert qu'à côté de l'agréable. Les orateurs s'armèrent du flambeau de la raison et de celui du sentiment, pour la conduire comme en triomphe dans les académies, dans les tribunaux, dans le sanctuaire, parmi les acclamations d'une vaste assemblée de savans, de magistrats, de prêtres. Du milieu de cette assemblée elle se répandit dans les cours, à l'armée, et jusques dans les places publiques, où, quoique méconnue d'abord du stupide vulgaire, elle ne tarda pas long-temps à s'en faire suivre, ou du moins à s'en faire respecter.

A cette époque, la lumière devient générale: les vraies idées de l'humanité, de la justice, de l'héroïsme, chassent de tous les esprits les fausses idées qu'on en avoit. Le préjugé féroce des duels, qui devoit à ces dernières le masque sous lequel il en imposoit à la nation, paroît à découvert. Les Français, préparés insensiblement à l'envisager tel qu'il est en lui-même, frémissent à son aspect : ils n'avoient nourri ce monstre si long-temps dans leur sein que faute de le connoître : ils ne le connoissent que pour le rejeter avec horreur. Alors un cri général s'élève contre le duel. L'héroïsme réclame contre ses cruautés, la justice contre ses violences, l'humanité contre ses fureurs. On avoue qu'un duelliste peut bien être un gladiateur intrépide, mais qu'il ne sauroit être un héros; que la place d'un héros est au milieu des escadrons ennemis, et non sur le cadavre d'un concitoyen immolé; que braver la mort par devoir est d'un grand homme; mais que braver la mort par vengeance est d'une bête féroce. On avoue que la force ne peut tenir lieu de raison à un brave non plus qu'à tout autre ; qu'il n'a pas réparé sa gloire, ni démontré son innocence, par cela seul qu'il a tué son accusateur ; que s'il est un homme flétri ou un mal-honnête homme, il ne cessera jamais de l'être en devenant un assassin. On avoue que les liens de l'honneur ne dégagent personne de ceux de la nature ; qu'il ne fut jamais permis de verser le sang d'un homme, sous prétexte que c'est le sang d'un ennemi ; que pour écarter un rival, ou pour punir un railleur, il est monstrueux de massacrer quelquefois un ami. On avoue, en un mot, que le duel n'est, au jugement de la saine raison, ni honorable, ni nécessaire, ni même permis, et que l'opinion contraire qu'on en avoit eue jusqu'alors, étoit le comble de l'extravagance et de la barbarie.

Un préjugé ainsi démasqué pourroit-il être encore un préjugé dominant ? Et les lettres n'ont-elles pas trouvé le moyen de le décréditer, en trouvant celui de le faire connoître ? Ce moyen de détruire un préjugé en éclairant les hommes, et en changeant peu à peu leurs idées, est infaillible. Comme les erreurs se tiennent étroitement unies ensemble, la chute de l'une ne peut manquer d'entraîner celle des autres. De jour en jour les ruines s'accumulent, et bientôt dépourvu de tous ses appuis, le préjugé lui-même s'écroule, à peu près comme ces tours antiques bâties sur le penchant d'une haute montagne, qui, après avoir résisté aux assauts continuels du temps et aux foudres réitérés de la guerre, se précipitent enfin d'elles-mêmes dans la plaine avec le rocher qui les portoit.

SECONDE PARTIE.

LA fureur des duels n'étoit pas seulement un préjugé; c'étoit de plus une passion. J'en atteste le goût excessif et opiniâtre de la nation pour ces horribles combats; cette foule de spectateurs qui, à la honte de l'humanité, venoient animer de leur présence le courage des combattans; les applaudissemens, la vénération universelle qui étoient le prix du vainqueur; l'espèce de fanatisme avec lequel tout ce qu'il y avoit alors de braves se disputoit à qui mériteroit le plus souvent une pareille récompense. Jamais sans la passion le préjugé eût-il suffi pour frapper tellement les esprits, que dans l'appareil et l'image d'un meurtre on ne crût voir que l'appareil et l'image d'une fête; pour maîtriser si fort l'ame des combattans et des spectateurs, que, sourde aux cris plaintifs de la mort, elle ne fût attentive qu'aux acclamations de la victoire ; pour faire, en un mot, du théâtre de la cruauté, le théâtre du plaisir, et des fureurs de quelques particuliers, l'amusement de tout un peuple ?

Empire de la passion, empire aussi étendu et cent fois plus redoutable que celui du préjugé ! Le préjugé vouloit vaincre ; la passion vouloit exterminer : l'un étoit avide d'honneur ; l'autre l'étoit de carnage ; l'erreur faisoit qu'on immoloit la justice ; l'emportement faisoit qu'on immoloit jusqu'à la pitié.

Il ne suffisoit donc pas, pour désarmer le duel, d'arracher aux braves le poignard qu'ils tenoient de l'erreur ; il falloit encore leur arracher celui qu'ils tenoient de l'emportement. N'est-ce pas ce que les lettres ont fait, en gagnant le sentiment aussi-tôt que la raison ; en calmant les esprits en même temps qu'elles les éclairoient ; en changeant tout à la fois les idées qui servoient de base au préjugé, et les mœurs qui étoient la source de la passion ?

Un caractère intraitable et féroce étoit, dans les mœurs de nos ancêtres, le premier aliment qui fut offert à la passion des duels : un caractère humain et flexible est dans nos mœurs le premier

premier bienfait que nous ayons reçu du commerce des lettres.

C'étoit à la férocité de leur caractère que nos ancêtres devoient cette arrogance et cette hauteur qui dédaignoient les ménagemens, et par-là multiplioient les querelles; qui fomentoient parmi eux une guerre éternelle, en soulevant sans cesse l'audace contre la témérité, la liberté contre la licence, la fierté contre l'orgueil. C'est au commerce des lettres que nous devons cette douceur et cette complaisance qui nous portent à sacrifier nos privilèges et notre vanité en quelques occasions, pour ne pas sacrifier en mille autres notre repos et nos plaisirs; qui nous rendent les maîtres de ceux même dont elles semblent nous rendre les esclaves.

C'étoit à la férocité de leur caractère que nos ancêtres devoient cet esprit d'intolérance, par une suite duquel ils vouloient être obéis sans réserve, crus sans examen, chéris sans rivaux; ne souffrant, en quoi que ce pût être, ni refus, ni contradiction, ni partage. C'est au commerce des lettres que nous devons cet esprit de modération, par une suite duquel, pesant à la balance de l'équité plutôt qu'à celle de l'amour-propre, nos préjugés, nos droits et nos attachemens, nous savons mieux supporter un adversaire, plus accorder à un rival, moins exiger d'un ami.

Et n'étoit-ce pas aussi à la férocité de leur caractère que nos ancêtres devoient cet excès de franchise qui, plus voisin de l'impudence que de la naïveté, blessoit en voulant instruire, révoltoit en croyant amuser, portoit en quelque sorte de la même main le flambeau de la discorde et celui de la vérité? Et n'est-ce pas aussi au commerce des lettres que nous devons cette discrétion, cette réserve qui allient le respect dû aux hommes avec le respect dû à la vérité, ne voulant ni tromper ni outrager personne; épargnant des aveux fâcheux, s'ils sont inutiles, les adoucissant, s'ils sont nécessaires; songeant moins à faire connoître le vrai qu'à le faire aimer?

N'étoit-ce pas enfin à la férocité de leur caractère que nos ancêtres devoient cette grossièreté et cette rudesse qui hérissoient les esprits plus encore que les manières; qui répandoient dans les discours et dans les procédés un ton d'aigreur tout propre à repousser la confiance, à préparer la désunion, à rendre l'insulte plus vive en la rendant plus ouverte, et la réparation moins satisfaisante en la rendant moins adroite? N'est-ce pas enfin au commerce des lettres que nous devons cette politesse et cette urbanité qui embellissent toujours les manières, si elles n'embellissent pas les sentimens; qui mettent dans nos procédés et dans nos discours, sinon la droiture, du moins la bienséance; qui toujours annoncent la bienveillance et l'amitié, et qui quelquefois les amènent; qui sans être de l'esprit et de la vertu, en tiennent lieu; qui ne sont pas, en un mot, le principal soutien de la société, mais qui en font sans contredit le principal agrément?

Peut-être, à force de polir le caractère national, les lettres ont-elles eu le malheur de l'affoiblir; mais ce que nos sentimens ont pu perdre du côté de la force et de l'élévation, ils l'ont regagné du côté de la douceur et de l'equité; et combien celles-ci ne sont-elles pas préférables à celles-là pour le repos de la société, et en particulier pour l'extinction des duels?

Une partie des mœurs est dans le caractère, une autre est dans l'éducation. Dans les mœurs de nos ancêtres l'éducation contribuoit encore plus que le caractère à leur inspirer cette passion barbare qu'ils avoient pour les duels. Quelle étoit leur éducation? une éducation toute guerrière. Les premiers principes qu'on inculquoit à la jeunesse, c'étoient des principes de bravoure : la bravoure faisoit le systême dominant de la nation, le sujet principal des conversations et des romans, l'ame du point d'honneur, et la mesure exacte de l'estime qu'on accordoit à chaque citoyen. On ne demandoit pas d'un homme s'il avoit des talens, mais s'il avoit du courage; s'il savoit bien vivre, mais s'il savoit se bien battre. On méconnoissoit le grand homme dans le grand magistrat; on le dédaignoit dans le grand écrivain; on le fouloit aux pieds dans le grand commerçant et dans le grand artiste : on ne le célèbroit, on ne le récompensoit que dans le grand capitaine. Les femmes elles-mêmes ne choisissoient leurs adorateurs que parmi les braves; pour juger du mérite d'un amant et de sa tendresse, les preuves qu'elles exigeoient, c'étoient des victoires et des trophées : elles auroient mieux aimé cent fois voir expirer que voir fuir leur amant. En un mot, l'éclat des armes étoit le seul qui frappât les yeux du public; la gloire des armes, la seule qui pût satisfaire l'ambition des particuliers : les armes retentissoient de toutes parts, jusques dans le sein de la paix, et au milieu des jeux mêmes. Les fêtes, les spectacles offroient par-tout l'image des combats; et les parties de plaisir les plus recherchées étoient presque toujours des parties de carnage.

La passion des armes, voilà donc le principal fruit de l'éducation que recevoient nos ancêtres. Y avoit-il loin de cette passion à celle des duels ? Et comment des hommes sans cesse avides de combattre, n'en auroient-ils pas saisi les moindres prétextes, multiplié à l'infini les occasions ? Comment, aussi-tôt qu'un ennemi les avoit outragés, n'auroient-ils pas cherché dans sa défaite le double plaisir d'étaler leur bravoure et de réparer leur affront ? Comment se seroient-ils refusés au désir de vaincre, joint au désir de se venger ?

Passion barbare ! les lettres l'ont affoiblie, en lui substituant, ou du moins en lui associant une passion plus douce et plus raisonnable. En effet, à peine leur lumière eut-elle pénétré en France, que l'éducation changea ; et de guerrière qu'elle étoit presque uniquement, elle devint encore littéraire.

La nouveauté des objets ne contribua pas peu à ce changement. On étoit las de n'entendre parler que de guerre, de tournoi, de duel ; les noms sublimes de vérité, de raison, de science, piquèrent agréablement la curiosité. On fut ravi de voir croître loin des camps, où l'honneur s'étoit jusqu'alors confiné, une nouvelle moisson de lauriers et de gloire : de tous côtés on accourut pour la recueillir.

On le fit avec d'autant plus d'ardeur que le plaisir de la nouveauté fut soutenu par celui de la variété. Sous une éducation guerrière, une seule qualité fructifioit, la bravoure : sous une éducation littéraire, mille talens fleurirent à la fois. L'érudition parut et peupla la nation de Savans. L'éloquence inspira quelques orateurs, et entraîna après eux la multitude. Ici ce fut la poésie accompagnée d'une troupe de beaux esprits dont elle fit les délices. Là ce fut l'histoire occupée à instruire les vivans par l'organe des morts. La philosophie avec les sciences qui lui servent de cortège, se montra la dernière : elle travailla à faire connoître la nature, tandis qu'amenés à la suite des lettres, les beaux-arts travailloient à l'embellir ; tandis qu'à la voix de l'architecte, la terre se couvroit de palais superbes ; que le musicien faisoit retentir les temples et les théâtres de concerts mélodieux ; que le marbre et l'airain s'animoient sous le ciseau du sculpteur ; que, rival en quelque manière du créateur, le peintre reproduisoit l'univers sur la toile.

A la variété et à la nouveauté se joignit

encore un dernier motif, l'utilité et l'agrément des travaux littéraires. Les souverains reconnurent que d'une école guerrière il ne sortoit que de vaillans hommes ; mais que d'une école guerrière et littéraire tout ensemble, il sortoit, avec de vaillans hommes, d'habiles capitaines, d'utiles législateurs, de savans politiques, de sages magistrats, de parfaits citoyens. Les particuliers s'aperçurent qu'il étoit aussi doux, aussi glorieux d'éclairer les hommes que de les défendre ; de briller dans un ouvrage immortel, que dans un combat célèbre ; dans une académie, sur un théâtre, que sur un champ de bataille ; aussi doux, aussi glorieux d'être envers sa patrie prodigue de son génie, que prodigue de son sang.

Sujets, souverains, tout s'empresse donc à faire fleurir les lettres en France. Des établissemens immenses s'élèvent à grands frais : la jeunesse y vient cultiver son esprit et ses talens : les récompenses les plus flatteuses, les asiles les plus honorables sont acccordés aux gens de lettres : déjà Richelieu a fondé pour eux l'académie française : déjà, à l'exemple de l'académie française, mille autres académies font circuler dans la France la lumière, l'émulation, le génie : déjà le goût des lettres, des sciences, et des arts fait la passion dominante des Français.

Passion qui en se fortifiant a dû nécessairement affoiblir celle des armes. Comment cela ne seroit-il pas arrivé ? Chaque nation n'est-elle pas bornée, comme chaque homme, à une certaine mesure de sentiment et de goût, et les partager, n'est-ce pas les affoiblir ? Emportés d'un mouvement général vers les lettres, pouvons-nous donc ne pas nous éloigner insensiblement des armes ? Si nous en avons su conserver le talent, la science, le goût même, n'avons-nous pas dû en perdre la passion ? Et avec autant de courage qu'autrefois et plus de lumières, nos Guerriers ne doivent-ils pas avoir plus de modération et d'humanité ; être surtout de moins furieux duelliste, s'ils ne sont pas de moins braves soldats ?

D'autant plus qu'en affoiblissant la passion des armes à qui le duel devoit tant, les lettres ont aussi affoibli la passion de la galanterie et celle de la débauche, à qui il ne devoit pas moins. Tout concouroit à faire régner ces deux passions parmi nos ancêtres : la licence des armes qui leur en faisoit une habitude ; l'ignorance des devoirs qui les empêchoit d'en faire un déshonneur ; le désœuvrement et le défaut d'autres plaisirs qui leur en faisoient presque une nécessité. Aussi étoient-elles générales. Le temps qu'on ne consacroit pas aux travaux de la guerre & aux exercices du tournoi, on le partageoit entre les excès de l'ivresse et les soins de l'amour. La brutalité qui étoit inséparable des premiers, et la fidélité romanesque dont ils se piquoient dans les seconds, faisoient aisément des uns et des autres une semence de discorde et de duels : ici c'étoit l'amour qui armoit des rivaux ; là, c'étoit l'ivresse qui armoit des furieux.

Lettres ! vous avez étouffé ce double germe de fureurs. C'est que vous avez répandu partout l'amour de la vertu, ou du moins celui de la décence ; inspiré l'horreur du vice, ou du moins la crainte du ridicule ; guéri, ou du moins pallié le désordre : c'est que vous remplissez le désœuvrement d'une partie des citoyens et des guerriers, et qu'on voit souvent ces derniers entrelasser les couronnes des Muses avec celles de Mars ; joindre la lumière du génie au feu de la bravoure ; écrire comme Follard, après s'être battus comme Charles XII. C'est enfin qu'aux plaisirs de la débauche vous avez substitué des plaisirs et moins grossiers et moins funestes, tels que ceux des cercles, devenus depuis votre établissement plus fréquens, plus instructifs et toujours plus propres à être l'école de la politesse et de l'amitié, que celle de la débauche ou de l'amour ; tels encore que ceux des spectacles, à qui il ne manque pour être plus utiles, que d'être plus attachans, non que ce soit un moyen de corriger nos passions, mais parce que c'en est un assuré de les distraire.

C'est ainsi que les lettres ont su changer notre éducation, après avoir réussi à changer notre caractère. Que dirai-je de ce goût pour le commerce, qui a jeté parmi nous des racines si profondes et si étendues ? Combien les lettres n'ont-elles pas contribué à son établissement, en l'affranchissant du mépris des nobles et de celui du vulgaire, en illustrant ses travaux, en multipliant ses ressources, en facilitant ses progrès ? Eh ! combien son établissement n'a-t-il pas contribué, de concert avec les lettres, à rendre l'éducation moins guerrière, le caractère moins féroce ; à causer dans nos mœurs cette grande, cette entière révolution, si fatale à la passion des duels ?

Elle l'a attaquée jusques dans sa source. Or ce moyen n'étoit-il pas le seul capable de l'affoiblir ? Eh ! qu'ont fait les lois qui se sont bornées à l'attaquer dans ses effets ? Elles ont exterminé quelques furieux, elles n'en ont désarmé presque aucun : elles ont pu multiplier, jamais elles n'ont pu prévenir les meurtres : elles ont manifesté la volonté du prince, et l'on n'a suivi que les mœurs : elles ont poursuivi le duel, et le duel n'a fait que changer de nom, pour échapper à leur poursuite : en un mot, elles ont opposé une digue au torrent de la passion qu'elles ont cru arrêter par-là ; le torrent a franchi cette digue, ou s'est détourné pour passer à côté, et la passion a subsisté toute entière (*g*).

Encore si les lois avoient poursuivi le duel avec un zèle égal en tout temps ; elles auroient du moins affoibli par-là l'empire de la coutume : mais ce dernier avantage même leur a manqué, et dans ce point, comme dans les deux précédens, la lumière des lettres a beaucoup plus fait que l'autorité des lois.

TROISIÈME PARTIE.

OUI, pour guérir un mal aussi profondément enraciné et aussi généralement répandu que l'étoit la fureur des duels, ce n'étoit pas assez d'avoir calmé la passion et décrédité le préjugé, il falloit encore abolir la coutume. Demandons à la plupart de nos duellistes le motif qui les conduit sur l'arène : ce n'est plus le préjugé, comme autrefois ; ils en reconnoissent aujourd'hui toute la déraison et toute la barbarie. Ce n'est pas même la passion : le cri du ressentiment n'étouffe point en eux le cri de la nature, et le désir de punir un adversaire n'entraîne point celui de le massacrer. Quel peut donc être le mobile qui les conduit ? Le plus foible en apparence, et le plus puissant en effet, la coutume. Soumis à son empire comme le reste de l'univers, ils condamnent le duel en sages, ils le détestent en hommes, et ils y courent en esclaves.

Coutume vraiment tyrannique ! c'est elle qui, plus forte sur l'esprit d'un homme que l'amitié, que la reconnoissance, que la crainte même, l'oblige à s'armer contre un ami qu'il chérit, contre un bienfaiteur qu'il révère, souvent contre un adversaire qu'il redoute. C'est elle qui met le fer à la main à tant de jeunes militaires qu'on voit chercher le duel bien moins par bravoure ou par vengeance, que par inconsidération ou par contrainte ; en enfans, si j'ose le dire, bien plus qu'en héros. C'est elle aussi qui a établi parmi les braves cette espèce de duels mitigés, où l'on en veut au sang de son rival, mais non à sa vie, et au sortir desquels on s'embrasse aussi tranquillement qu'on se battoit, preuve sensible qu'on ne se battoit que pour paroître l'avoir fait, et pour se conformer à une coutume plutôt que pour suivre un préjugé, ou pour assouvir une passion.

Coutume dont l'autorité est fondée sur la crainte du jugement des hommes, et sur-tout de ces hommes qui, déterminés à ne montrer les objets que sous l'aspect le moins favorable, ne manqueroient pas de travestir en lâche quiconque seroit assez courageux pour refuser un duel. Coutume donc qu'on ne pouvoit combattre avec succès qu'en opposant au jugement de ces hommes redoutables un jugement capable de le balancer, en sorte que de l'un le brave pût hardiment en appeler à l'autre. Quelque respectable que soit le témoignage des souverains dans les lois qu'ils portent, on ne peut pas dire qu'il forme toujours un jugement capable de balancer celui du public. Plusieurs causes l'ont empêché de produire cet heureux effet par rapport à la coutume des duels. Les variations des souverains qui l'ont combattue vivement dans un temps, foiblement dans un autre : si quelque chose décrédite l'autorité, c'est de la voir jointe au caprice, et une loi qui se dément, est une loi qui se détruit. L'air de despotisme dont l'autorité ne sauroit se dépouiller, et qui en matière d'opinion et d'honneur fait passer son témoignage pour incompétent, en le faisant passer pour tyrannique. Car les rois sont constitués juges de nos crimes, et non juges de nos ridicules; et si tout un peuple a déclaré un homme méprisable, la loi aura beau déclarer le contraire, elle n'aboutira qu'à le faire mépriser davantage, et à se faire mépriser elle-même. Enfin une sorte d'inconséquence presque inévitable dans le jugement que les lois portent sur les duels. Quel jugement, s'est-on écrié, que celui qui condamne le coupable à la mort, et laisse l'innocent dans l'opprobre; qui veut qu'on immole un officier s'il accepte un duel, et qui n'empêche pas qu'on ne le chasse de son corps, s'il s'y refuse! Inconséquent, ce jugement a paru injuste; bizarre, il a paru erroné; incompétent, il a paru ridicule, et si quelqu'un avoit voulu s'en servir comme d'un motif suffisant pour se soustraire à un duel, il auroit été regardé non seulement comme un lâche qui cherchoit un prétexte, mais encore comme un insensé qui n'en apportoit qu'un mauvais.

Par où est-ce donc que les lettres ont plus fait que les lois contre la coutume des duels?

C'est en opposant à l'autorité de la coutume une autorité plus propre à la balancer, celle de la raison, de la religion, de l'humanité : rien de moins incompétent, de moins bizarre, de moins inconséquent, et par-là rien de plus respectable que leur témoignage : on peut le condamner dans la bouche de celui pour qui c'est un prétexte; on y applaudira toujours dans la bouche de celui pour qui ce sera un motif : car s'il y a de la gloire à être brave, il y en a encore plus à être religieux, humain, raisonnable .

C'est en affermissant l'ame des gens de bien contre le mépris injuste des hommes, dont elles ont fait connoître et dédaigner le jugement. L'ignorance et la foiblesse fuient devant le ridicule ; la sagesse seule ose le braver, parce qu'elle ose seule l'examiner. Placez Sòcrate dans nos armées, et présentez-lui un duel ; il le refuse : vous le méprisez, il vous plaint.

C'est en appuyant les efforts des souverains eux-mêmes : il n'est rien qui résiste à l'autorité secondée par la raison. Rappelons - nous ce temps où le vainqueur de l'Europe entière songea à le devenir aussi des duels. Rappelons-nous ce concert unanime d'éloges, d'applaudissemens que les lettres firent retentir en l'honneur de son zèle. Peut-on douter que ce cri général de tout ce qu'il y avoit de plus éclairé dans la nation, n'ait valu en grande partie à Louis XIV un triomphe sur les duels, que, dépourvus d'un pareil secours, quoiqu'animés du même esprit, plusieurs rois avoient cherché inutilement avant lui ?

Enfin c'est par l'ascendant que les gens de lettres prennent à la longue sur le public : d'abord il rejette leur manière de penser, ensuite il l'examine, bientôt il la tolere, déjà il la soutient ; par ce ton insinuant de douceur et de sentiment qu'ils prêtent à la raison et qui peut seul repousser avec quelque succès ce ton imposant de raillerie et de suffisance dont s'arme la malignité ; par les images touchantes et sublimes dont ils savent embellir la vérité : on emporte avec soi ces images, et, gravées profondément dans l'ame, elles y deviennent comme autant de traits de lumière qui l'échauffent en l'éclairant ; par l'uniformité, la multitude et la continuité de leurs invectives contre les duels : est-il un seul de nos écrivains qui en ait pris la défense ? un seul, dans ce siècle si passionné pour les paradoxes, qui en ait fait le sujet d'un paradoxe ? Eh ! combien qui les ont condamnés, décriés, avilis ? Combien se sont plus à répandre

sur

sur une coutume si étrange le fiel de l'indignation et celui du ridicule ? Ne diroit-on pas que le duel est l'ennemi particulier des lettres ? Jamais ont-elles cessé de le combattre ? Ne le combattent-elles pas aujourd'hui avec plus de courage et de force que jamais ? Parmi les raisons qui doivent rendre le prix de cette académie flatteur pour celui qui en sera décoré, la beauté du sujet n'en est-elle pas une des mieux fondées ? Y a-t-il même un seul des concurrens, s'il est digne d'en être, qui ne préférât, sans hésiter, à la gloire de bien parler contre le duel, celle de le détruire ?

Si la lumière des lettres ne l'a pas détruit entièrement, toujours est-il vrai qu'elle a plus fait contre lui que l'autorité des lois. Ajoutons qu'en continuant de le combattre par les mêmes moyens dont elle l'a jusqu'ici combattu, elle ne peut manquer de l'exterminer tout à fait. Peut-être le moment de sa chute n'est-il pas éloigné. C'est ce que promettent à la nation l'autorité des gens de lettres qui s'accroît chaque jour parmi nous, et qui chaque jour devient plus propre à balancer l'autorité de la coutume ; nos mœurs qui s'éloignent de plus en plus de cette barbarie où étoit la véritable source de la passion ; la raison qui fait les progrès les plus rapides, et qui décrédite de jour en jour avec plus d'avantage le préjugé.

Achevez un si bel ouvrage, vous qui l'avez déjà si fort avancé, lettres, sciences, beaux-arts ! Que de principes destructeurs, que de penchans barbares, que d'usages insensés, que de fureurs vous pouvez nous épargner avec celle des duels ! Vous tenez entre vos mains le flambeau qui doit éclairer notre raison, le feu qui doit épurer notre caractère, la règle qui doit diriger notre conduite : c'est à vous d'être les guides, les oracles, les génies tutélaires de la société. Ah ! ne vous resserrez point dans les bornes d'un empire : l'univers est votre patrie, et vos bienfaits sont dus à l'univers. Quel plus beau spectacle que celui du genre humain recevant de toutes parts en silence les leçons de la vérité et celles de la vertu ; élevant sur toute la surface de la terre des autels à la concorde, à la philosophie, à la religion ; fermant pour jamais le temple de la guerre et celui de la superstition ; n'offrant dans cette multitude innombrable de peuples partagés d'intérêts, d'idées, et de sentimens, qu'un seul et même peuple dont les sentimens seroient ceux de la nature ; les idées, celles de la raison universelle ; les intérêts, ceux d'un bonheur et d'une paix générale ! La poésie a crayonné l'âge d'or, la philosophie le réaliseroit. Les hommes que trop d'ignorance et trop d'opiniâtreté, trop de foiblesse et trop de prétentions concourent à rendre méchans et malheureux, ne seroient ni l'un ni l'autre, s'ils étoient éclairés (*h*). S'ils étoient éclairés, ils cesseroient de confondre avec leurs droits et leurs besoins réels, des droits et des besoins imaginaires. Alors disparoîtroient ces haînes nationales, ces jalousies populaires, cet esprit de conquête et d'usurpation qui font de la race infortunée des hommes, autant de bêtes sanguinaires acharnées à s'entre-dévorer. Alors rentreroient dans les enfers, où elles ont pris naissance, les trois furies qui ont coutume de ravager notre globe ; le despotisme qui empêche les plus grands biens ; le fanatisme qui produit les plus grands maux ; l'ambition qui est capable à la fois de l'un et de l'autre excès. Alors s'éleveroient par-tout d'excellens magistrats, d'excellens citoyens ; des sujets paisibles sous des chefs révérés ; sous des rois instruits et pacifiques, des peuples heureux et florsians.

Aspera tum positis mitescent sæcula bellis.

VIRG. *Æn. lib.* 1.

NOTES HISTORIQUES.

PAGE 8. (*a*) Philippe le Bel dit dans une ordonnance de 1306, qu'ayant défendu généralement le duel, plusieurs malfaiteurs en avoient abusé pour commettre secrètement des homicides, trahisons et autres maléfices, griefs et excès qui demeuroient impunis faute de témoins : mais que pour leur ôter toute cause de mal faire, il modifioit ainsi sa défense ; savoir, qu'en cas d'homicide, trahison, violence, maléfice, lorsqu'il n'y avoit pas de témoins ou de preuves suffisantes, on pourroit appeler en duel celui qui, par indice ou fortes présomptions, seroit soupçonné d'avoir commis le crime.

Page ibid. (*b*) L'église, ou pour parler plus juste, ses ministres autorisoient en quelque façon les duels. Ils souffroient que l'on dît des messes pour ceux qui alloient se battre, et qu'on leur donnât même la communion avant le combat. Quelquefois des évêques y assistoient, comme on en vit au duel des ducs de Lancastre et de Brunswick. Les juges d'église ordonnoient aussi le duel. Louis le Gros accorda aux religieux de Saint-Maur-des-Fossés, le droit de l'ordonner entre leurs serfs et des personnes franches. Les duels ordonnés par le juge de l'évêque se faisoient dans la cour même de l'évêché : c'est ainsi que l'on en usoit à Paris. Les champions se battoient dans la première cour de l'archevêché, où est le siège de l'officialité. Ce fait est rapporté dans un manuscrist de Pierre le Chantre de Paris, qui écrivoit vers l'an 1180. Cet auteur ajoute que le Pape Eugène (apparemment Eugène III) étant consulté à ce sujet, répondit : *Utimini consuetudine vestrâ.*

Page ibid. (*c*) L'ignorance étoit telle, que la justice ordonnoit quelquefois les duels, comme une preuve juridique, quand les autres preuves manquoient. On appeloit cela le jugement de dieu, ou le plaid de l'épée, *placitum ensis*. Cette coutume barbare venoit du Nord, d'où elle passa en Allemagne, puis dans la Bourgogne, en France et dans toute l'Europe. On y avoit recours, tant en matière civile que criminelle, pour connoître l'innocence ou le bon droit d'une partie, et même pour décider de la vérité d'un point de droit ou de fait, dans la présupposition que l'avantage du combat étoit toujours pour celui qui avoit raison. Voici les cérémonies qui précédoient le duel. On amenoit les champions à jeun devant le juge qui l'avoit ordonné. Il leur faisoit prêter serment de dire la vérité : on leur donnoit ensuite à manger ; puis ils s'armoient en présence du juge : on régloit leurs armes : quatre parrains choisis les faisoient dépouiller, oindre le corps d'huile, couper la barbe et les cheveux en rond :

on les menoit dans un camp fermé et gardé par des gens armés : on faisoit mettre les champions à genoux l'un devant l'autre, les doigts croisés et entrelassés, se demandant justice, jurant de ne point soutenir une fausseté, et de ne point chercher la victoire par fraude ni par magie. Les parrains visitoient leurs armes et leur faisoient faire leur prière et leur confession à genoux; et après leur avoir demandé s'ils n'avoient aucune parole à faire porter à leur adversaire, ils les laissoient en venir aux mains : le héraut crioit de dessus les barrières par trois fois : *Laissez aller les bons combattans* : alors on se battoit sans quartier. A Paris, le lieu destiné pour les duels étoit marqué par le roi : c'étoit ordinairement devant le Louvre ou devant l'Hôtel-de-Ville. Le roi y assistoit avec toute sa cour; quand le roi n'y venoit pas, il envoyoit le connétable à sa place.

Page 8. (*d*) Ce n'est point une exagération. On ne dispensoit du duel que les femmes, les malades, ceux qui étoient au dessous de vingt et un ans, ou au dessus de soixante. Les nobles étoient obligés de se battre contre des roturiers. Les ecclésiastiques, les prêtres, ni les moines n'en étoient pas exempts : seulement, afin qu'ils ne se souillassent point de sang, on les obligeoit de donner des gens qui se battoient à leur place. Ils se battoient cependant quelquefois eux-mêmes en champs clos; témoin Regnaud Chesnel, clerc de l'evêque de Saintes, qui se battit contre Guillaume, l'un des religieux de Geoffroi, abbé de Vendôme. Il n'y avoit pas jusqu'aux princes du sang qui ne fussent obligés de se soumettre à l'épreuve du duel, quand ils étoient accusés de meurtre ou de trahison.

Page 9. (*e*) Le Chevalier Bayard tua en duel Dom Alonzo de Soto, capitaine espagnol. Cela fait, il se mit à genoux pour remercier le ciel de sa victoire. Les autres officiers français le mirent à la tête de deux cents chevaux, et le menèrent ainsi en triomphe à la garnison du commandant ? Dès qu'on y fut arrivé, Bayard, au lieu d'entrer avec les autres chez le commandant, prit le chemin de l'eglise, et y alla rendre des actions de graces au seigneur de l'avantage qu'il venoit de remporter. Comment peut-on réunir à la fois tant de piété et tant de barbarie ?

Page ibid. (*f*) Louis VII fut le premier qui commença à restreindre l'usage des duels en France. En abolissant plusieurs mauvaises coutumes de la ville d'Orléans, il défendit, entre autres choses, qu'on ordonnât le duel pour une dette de cinq sous ou de moins. St. Louis alla plus loin : après avoir défendu les guerres privées, il défendit aussi absolument les duels. Les seigneurs refusèrent de se conformer dans leurs domaines aux bonnes intentions de St. Louis : elles demeurèrent sans effet dans ses domaines même, tant la fureur des duels étoit violente. Sous Charles VI on se battoit pour si peu de chose, qu'il fit défenses sur peine de la vie d'en venir aux armes sans cause raisonnable. Il publia aussi une ordonnance portant que personne ne fût reçu *à faire gage de bataille*, comme on parloit alors, à moins qu'il n'y eût gage adjugé par le roi. Le dernier combat qui fut autorisé publiquement, fut le duel qui se fit en 1547, entre Gui Chabot, fils du sieur de Jarnac, et François de Vivonne, sieur de la Chataigneraye: ce fut à Saint-Germain-en-Laye, en présence du roi et de toute la cour. Vivonne y fut blessé, et mourut de ses blessures: le roi Henri II fit dès ce moment vœu de ne plus permettre les duels, Ils n'en devinrent pas moins fréquens pour cela. C'est pourquoi l'on multiplia les défenses. Henri IV, Louis XIII, firent à ce sujet plusieurs réglemens. Mais ils furent tous sans aucun fruit jusqu'au temps de Louis XIV, lequel défendit les duels encore plus rigoureusement que ses prédécesseurs, et tint la main à l'exécution des réglemens. Le roi à présent régnant fit serment à son sacre de n'exempter personne de la rigueur des peines ordonnées contre les duels; et par un édit du mois de février 1729, il renouvela les défenses portées par les edits précédents. Il y est dit, que comme les peines décernées contre les duels n'avoient pas été jusqu'alors suffisantes pour en arrêter le cours, les maréchaux de France et autres juges du point d'honneur pourront prononcer des châtimens plus graves, selon l'exigence des cas.

Page 27 (*g*). M. le président Hénault, dans son Abrégé de l'histoire de France, dit que la défense expresse que Henri II avoit faite des duels, les avoit rendus plus fréquens, bien loin de les rendre plus rares. Il y dit aussi que les combats à outrance, où il falloit nécessairement que l'un des deux combattans pérît, étoit un moyen infaillible pour les faire tomber. C'est le parti que prit le maréchal de Brissac en Piémont : voyant l'excès où étoit portée la fureur des duels, il imagina de les permettre ; mais d'une manière si périlleuse, qu'il en ôta bientôt le désir : il ordonna que ceux qui auroient désormais querelle, la décideroient sur un certain pont, entre quatre piques, et que le vaincu seroit jeté dans la rivière, sans qu'il fût permis au vainqueur de lui donner la vie. Remède cruel, ajoute M. Hénaut, et pire que le mal.

Page 35 (*h*). Depuis que le philosophe de Geneve s'est plu à faire la satire des lettres, une foule d'écrivains se plaisent à nous la répéter. Il seroit aisé de montrer qu'en elles-mêmes les connoissances, de quelque genre qu'elles puissent être, sont plus utiles que nuisibles ; plus aisé encore de montrer que, considérées par rapport à l'état présent de l'Europe, elles y ont beaucoup plus corrigé de vices, qu'elles n'y ont corrompu de vertus. Mais il est des vérités qu'il faut savoir, et qu'on ne permet guere de prouver. Mieux vaudroit cent fois les combattre. On sait la réponse de ce juge qui, consulté par quelqu'un sur un procès, lui dit : *Examinez votre cause ; si vous avez raison, accordez-vous ; si vous avez tort, plaidez.* Je dirois à peu près la même chose à un écrivain qui me demanderoit s'il doit soutenir le bon ou le mauvais parti : Soutenez le bon parti, lui dirois-je, si vous n'écrivez que pour vous ; soutenez le mauvais, si vous écrivez pour les autres. Le vrai et le beau ont des approbateurs ; les admirateurs ne sont que pour le singulier et le paradoxe.

LETTRE
SUR LES AVANTAGES ET L'ORIGINE DE LA GAITÉ FRANÇAISE.

Vous me demandez, Monsieur, ce que je pense de votre nation : j'ai assez vu de peuples, assez parcouru de royaumes, pour ne pas craindre de me tromper, ou de vous flatter, en vous disant que vous êtes les plus aimables et les plus sociables de tous les hommes.

L'ingénieuse Zilia (1) croyoit que les Français s'étoient échappés des mains du créateur, au moment où il n'avoit encore assemblé, pour les former, que l'air et le feu. Je le crois comme elle, et je ne vous en estime pas moins : il est vrai que votre vivacité blesse souvent l'étranger qui vous aborde pour la première fois, et semble annoncer en vous les tyrans des autres hommes ; mais votre politesse, votre cordialité, et sur-tout cette générosité qui paroît s'oublier

(1) Lettre d'une péruvienne, IV.

elle-même, pour ne s'occuper que d'autrui, effacent bientôt les fâcheuses impressions faites par votre vivacité, et nous étalent en vous les meilleurs amis du genre humain.

Vous avez de plus, et c'est ce qui m'a touché davantage dans les mœurs françaises, vous avez un fond de gaîté bien propre à en inspirer aux autres, et à vous réconcilier vos ennemis les plus obstinés. Je me ferois fort de distinguer un de vos compatriotes au seul air dont il m'écouteroit parler. Un sourire aimable, peut-être malin, seroit sa première réponse : une plaisanterie viendroit l'instant d'après animer l'entretien ; et eussions-nous commencé par l'affaire la plus sérieuse, je ne doute pas que nous ne finissions par le badinage le plus réjouissant.

C'est, à quelques exceptions près, le caractère marqué de votre nation. Vous badinez au conseil ; vous badinez à la tête d'une armée ; le badinage va se placer dans toutes vos conversations ; il va se placer dans tous vos écrits ; j'ai connu des prédicateurs qui trouvoient moyen de le placer jusques dans leurs sermons.

Ce caractère de gaîté m'a tellement frappé, que je n'ai pu m'empêcher de faire là-dessus quelques réflexions. Bonnes ou mauvaises, j'ai résolu de vous les communiquer : mais n'attendez pas, je vous prie, d'un étranger comme moi, cette tournure légère, ces saillies brillantes, qui semblent glisser à peine sur les objets, lors même qu'elles les approfondissent. Souvenez-vous que si je vous parle des Français, je ne le suis point malheureusement, et que je vous détaille leurs agrémens, sans les avoir.

Vous avez peut être cru d'abord que je voulois faire la satire de votre gaîte ; point du tout : rien ne me paroît plus aimable, rien ne me paroît plus utile. C'est un ornement, c'est une ressource ; un ornement dans les biens ; une ressource dans les maux.

Les esprits qu'on nomme graves, et que je nomme tristes, sentent fort peu les bons succès, et infiniment les mauvais. Leur imagination chargée d'idées noires en admet difficilement d'autres. Ils aggravent le poids de leurs malheurs, en y joignant celui de leurs craintes ; ils troublent le cours de leurs plaisirs, en y mêlant le poison de leurs inquiétudes. Si la scène du présent déploie à leurs yeux de rians spectacles, ils se transportent sur la scène de l'avenir, et s'y préparent de loin les spectacles les plus désolans. Félicitez-les, ils soupçonnent des flatteurs ; ils soupçonnent des railleurs, si vous les consolez ; heureux, tant qu'il vous plaira, par ce qu'ils sentent, ils sont toujours malheureux par ce qu'ils imaginent : jamais à leur aise en marchant sur les roses, ils ne ressentent que les épines ; abattus sous les moindres coups, la pierre qui les frappe est un rocher qui les écrase.

Parlez-moi d'un caractère naturellement gai : il se joue de tout, des peines, des difficultés, des revers même ; il éclaire d'une lumière douce et aimable tout ce qui l'environne ; il donne une teinte de joie à tout ce qu'il touche ; il ne vole d'objet en objet, que pour voler de plaisir en plaisir ; il se console du passé par le présent, du présent par l'avenir ; en tout il ne saisit que les côtés qui lui sont analogues ; et glissant avec rapidité sur ce qu'il pourroit y avoir de triste et de fâcheux, il court se reposer avec transport sur ce qu'il y a d'heureux et d'agréable. Il fait ce que j'ai souvent fait dans mes voyages, et ce que vous aurez fait vous-même dans les vôtres : les chemins les plus difficiles sont ceux que je me hâtois de parcourir le plus vîte, tandis que je ne m'éloignois qu'à regret et le plus lentement que je pouvois des endroits rians et agréables.

Le philosophe qui a prétendu que tout étoit mal, n'avoit pas sans doute eu le bonheur de naître avec un caractère fort gai ; et celui au contraire qui a prétendu que tout étoit bien, devoit avoir l'esprit singulièrement tourné à la gaîté dont nous parlons. En effet, les choses ne sont en elles-mêmes ni heureuses ni malheureuses : ces dénominations marquent uniquement les deux différentes manières dont nous les envisageons. Un esprit naturellement gai peut en être affecté en mauvaise part pour quelques momens, jamais long-temps de suite. Etourdi du coup, il s'effraie, il se désole ; mais il regarde de près, et voit bientôt de quoi se rassurer : il rira de son mal ou de sa peur, s'il ne peut rire d'autre chose.

Bien différens de ces peuples asiatiques, condamnés à une gravité, ou, pour mieux dire, à une mélancolie éternelle, chez qui, dit-on, l'on trouve des familles où, de père en fils, personne n'a ri depuis plusieurs siècles : les Français sont toujours rians, toujours enjoués. La gaîté semble être leur élément ; ils l'apportent ou la cherchent en tout lieu : elle préside à tous les repas, à toutes les fêtes, à tous les cercles. Ailleurs on s'assemble, ou pour raisonner, ou pour s'enivrer, ou pour tramer des complots ; en France on ne s'assemble que pour s'égayer. Aussi n'est-il rien d'assez insupportable qu'un Français ne supporte sans peine, dès qu'il en peut plaisanter sans crainte.

Il est des nations où l'amour irrité devient

furieux ; chez vous il n'est presque jamais que badin : c'est un Dieu pour les autres ; ce n'est qu'un enfant pour vous. Essuyez-vous ses rigueurs ? Vous commencez par vous en plaindre ; vous finissez par en rire : votre vivacité pourroit vous donner de la passion ; votre gaîté ne vous laisse prendre que de la galanterie.

J'allai l'autre jour rendre visite à un de mes amis légèrement indisposé. Vous vous imaginez qu'il m'entretint de ses craintes, de ses douleurs, de ses insomnies. Rien de tout cela. Il ne me parla que d'un veil empyrique qu'on lui avoit amené, de son habit singulier, de son ton magistral, de son air gauche à la fois et lugubre. J'étois venu pour partager les gémissemens du malade ; je ne partageai que ses éclats de rire, et je sortis de chez lui bien plus gai que je n'y étois entré. A des malades de ce caractère, il faut disois-je, des Médecins de cette espèce : pour adoucir le mal, ils n'auront pas besoin d'ordonner de remèdes, ils n'auront qu'à étaler des ridicules ; et à ce compte, vous m'avouerez qu'il y aura bien plus de bons médecins qu'on ne pense.

J'ai vu un plaideur se consoler pleinement du malheur d'avoir perdu son procès, par le plaisir d'avoir raillé des juges. Un autre n'ayant pu obtenir une grace d'un ministre, alla sur

le

le champ composer contre lui une chanson fort plaisante, et se trouva, sinon exaucé, du moins satisfait.

Notre gaîté, dit un de vos écrivains (1), nous tient lieu de patience. Un couplet ingénieux, un trait de raillerie, font oublier aux Français de vraies calamités, qui jetteroient d'autres peuples dans le découragement, ou les pousseroient à la rebellion. Tout nous réveille, tout nous ranime : un tambourin garantit du scorbut des équipages entiers de nos matelots. Quand M. de Louvois apprenoit que la désertion se mettoit parmi les troupes d'une forte garnison, il l'arrêtoit soudain, en envoyant Tabarin vendre son orviétan sur la place.

Ainsi, comme vous voyez, votre gaîté peut devenir une excellente ressource politique. Henri IV, le duc régent, le maréchal de Villars en fournissent des preuves frappantes.

Le premier, par son caractère gai, vif, affable ; par ses bons mots et sa franchise, fit ce qu'il n'auroit jamais fait par son seul courage, par sa seule politique, ni par tout autre moyen : il étouffa la fureur des guerres civiles, transforma un peuple de fanatiques et de séditieux, en un peuple d'excellens sujets, et se rendit

(1) M. de Mirabeau.

sans peine l'idole des Français, dont il avoit eu tant de difficulté à se rendre le maître.

Le second, aisé dans ses manières, enjoué dans ses discours, homme aimable autant que prince absolu, gouverna à son aise la France en l'amusant. Tour à tour il donnoit des ordres et composoit des chansons; il se faisoit un amusement des affaires et une affaire des amusemens. Son empire, quoique d'emprunt, fut tout-puissant sur la nation, parce que c'étoit en même temps l'empire du génie et celui de la gaîté.

Pour ce qui est du dernier, voici le portrait qu'en fait l'écrivain illustre que je vous ai déjà cité : Un général aussi gaillard et avantageux qu'habile (1), se trouva à la tête de nos armées dans des temps de calamité. Ses plaisanteries, qui n'étoient pas toujours du goût de l'officier supérieur, égayoient le soldat mourant de faim, et manquant de souliers. Il vint un bon moment : le héros publia que la France étoit dé-

(1) En rapportant ces traits, j'ai cru devoir les adoucir. Le vainqueur d'Eugène n'a pas mérité, ce me semble, les reproches que lui fait l'Ami des hommes; mais les eût-il mérités, je ne les aurois pas moins supprimés. De petits défauts doivent disparoître par-tout où se montrent de grandes vertus.

livrée, et on le crut. Les troupes auparavant découragées marchèrent dès lors comme à des victoires certaines : mille héros vaillans n'avoient pu jusqu'alors remettre la France sur pied ; un héros gai autant que vaillant parut, et tout alla à merveilles.

Les avantages de votre gaîté ne sont pas la seule chose qui m'ait frappé, et sur laquelle j'aie réfléchi. J'ai cherché aussi à en démêler les causes. La première de toutes ma, paru être la nature de votre climat. Vous tenez de lui cette légereté, cette vivacité, qui vous donne, ce semble, une seconde ame, que les autres peuples n'ont point. L'inaction, qui est leur situation la plus douce, vous est presque insupportable ; vous appelez ennui ce qu'ils appellent repos ; c'est pour eux un tourment que d'agir, que de se mouvoir, que de rouler éternellemens dans un tourbillon de projets et d'affaires ; mais c'est un besoin pour vous : sans doute que les esprits qui vous animent, sont ou en plus grande quantité, ou d'une forme plus déliée et plus agile. Vous ne marchez pas, vous courez ; vos paroles se précipitent plutôt qu'elles ne se suivent ; vous dites plus de choses, ou du moins plus de mots en une conversation, qu'un Anglais en cent. Il faut à un étranger, sur-tout si c'est un Allemand, des heures entières pour considérer une curiosité, un bâtiment superbe; le coup-d'œil d'un Français les parcourt en un instant; l'un est une tortue qui se traîne lentement et avec effort sur la terre; l'autre un aigle qui, dans le même moment, quitte la terre et plane dans les cieux.

Cette flexibilité étonnante, fruit d'un climat le plus tempéré de l'Europe, et qui n'est ni assez froid pour engourdir vos esprits, ni assez chaud pour ralentir vos forces, ni assez uniforme pour fixer votre caractere, vous en donne un tout de feu, non pas de ce feu qui dévore avec rage, mais de ce feu qui pétille avec grace, et nous réchauffe sans nous brûler. Actifs autant qu'impatiens, vous finissez les choses avant presque de les avoir commencées. Elles vous délassent, vous distraient plutôt qu'elles ne vous occupent; au lieu de plier votre humeur à votre rang, à vos affaires, à votre âge, vous pliez votre âge, vos affaires, votre rang à votre humeur: vous n'êtes pas sensibles à la peine, parce que vous ne l'êtes qu'à l'agrément; vous brillez, vous excellez en tout, en vous jouant de tout.

Votre climat vous prépare à la gaîté, votre gouvernement vous y fixe. Ce ne sera guère dans un état républicain qu'on trouvera une certaine gaîté; le bonheur y est, mais non pas l'enjouement. Rien de plus opposé que ce dernier aux objets importans dont chaque citoyen doit s'occuper. L'idée d'amusement et de badinage ne s'allie pas trop aux idées graves de liberté et de politique ; une chanson réjouiroit assez peu des gens occupés d'une guerre, d'un traité de paix, d'un systême d'administration : et les ridicules d'un particulier ne sont rien pour celui qui contemple sans cesse les besoins du public. Dans une république bien constituée, les esprits s'élèvent naturellement au grand; ce ne sera donc qu'avec peine qu'ils descendront au frivole (1).

La gaîté se trouve encore moins dans un Etat despotique ; elle ne peut être dans le despote, trop révéré pour n'être pas haï, trop environné de sa grandeur pour n'en être pas embarrassé, et prenant trop de plaisir pour en avoir; car le plaisir est comme le vin : modéré, il ranime le sentiment ; excessif, il l'éteint. Elle ne se communique pas non plus aux infortunés

---

(1) On ne manquera pas de m'opposer les Athéniens ; mais qu'on y prenne garde ; leur gaîté étoit plutôt l'ouvrage de leur climat que celui de leur gouvernement ; l'un triompha de l'autre. La preuve en est, qu'ils s'occupoient bien plus de leurs spectacles et de leurs plaisirs, que de leur gloire et de leur liberté.

sujets du despote; la raison en est toute simple: les troupeaux bondissent dans la prairie, au sein de la liberté. En entrant dans l'étable, ils s'attristent; ils mugissent d'horreur en entrant dans la boucherie. Le courtisan de Denis, assis à la plus brillante table, mais tremblant sous l'épée suspendue sur sa tête, est l'emblême veritable d'un visir; et si le visir est si malheureux, qu'on juge des autres qui ont les mêmes sujets de terreur que lui, sans avoir les mêmes moyens de s'en distraire.

Il n'y a qu'un Etat monarchique, et monarchique comme le vôtre, où la gaîté puisse se montrer avec succès, et régner sans contrainte. Assez de liberté, pas assez d'indépendance; ni trop, ni trop peu d'occupation; des maîtres puissans et affables, qui gouvernent par l'amour, des sujets obéissans par honneur; mille routes ouvertes au plaisir, à la gloire, à la fortune, nulle qui le soit à l'ambition; tout cela laisse un champ libre à l'esprit vif et enjoué des Français.

Veut-on se convaincre parfaitement de la différence qu'il y a sur ce point entre une république, un état despotique, et une monarchie, que l'on considère une famille: le père gouverne, les esclaves languissent, les enfans s'amusent; le père représente les républicains;

les esclaves, ces malheureuses victimes d'un despote; et les enfans, ces sujets fortunés d'un monarque tel que le monarque français.

Il y a une autre raison de cette gaîté particulière à votre nation; c'est le point d'honneur qu'on vous inspire dès la plus tendre jeunesse. Ce point d'honneur consiste à ne rien oublier, pour faire mieux que les autres tout ce que l'on fait. Le Français est sans cesse occupé à se comparer, et, pour l'ordinaire, à se préférer à tout ce qui l'environne; car on ne se compare guère qu'on ne se préfère. C'est ce qui lui donne cette confiance, l'aliment et quelquefois le supplément de son courage, et cet air content, qui annonce sinon quelqu'un qui est bien, du moins quelqu'un qui croit l'être. On a remarqué que l'Espagnol est orgueilleux, l'Anglais fier, le Français vain. C'est que le premier dédaigne même de se comparer, et ne soupçonne pas qu'il puisse avoir ni égaux, ni supérieurs; c'est que le second se sent l'égal de tous ses concitoyens; c'est que le troisième a sans cesse le plaisir de se croire le vainqueur de ses égaux, et l'égal de ses maîtres. Il ne faut que ce tour d'esprit dans un peuple pour le rendre heureux; et ce tour d'esprit, si vous y faites attention, est le vrai caractère des Français, et une des raisons qui contribuent à leur gaîté.

La dernière, c'est le goût que vous avez pour la société. Si l'homme est un être sociable, dit Montesquieu, le Français est l'homme par excellence. On diroit qu'il ne peut exister en lui-même, et qu'il ne se soucie d'exister que parmi ses semblables. Toute sa conduite se rapporte à cet unique point. Etre et paroître, agir et représenter, vivre et plaire sont deux choses presque égales pour lui. Mais pour plaire à quelqu'un, il faut s'humaniser, s'adoucir avec lui, le flatter, l'amuser, faire, en un mot, qu'il se plaise avec nous. C'est votre talent supérieur, et aucune nation n'approche de vous sur ce point. On trouve chez les autres peuples le feu du génie, l'audace de Mars, les talens de Minerve; on ne trouve que chez les Français le sourire des graces.

Après vous avoir parlé de l'origine et des avantages de la gaîté française, vous me demanderez peut-être de vous en montrer les dangers; mais je vous laisse ce soin. C'est à vous, comme Français, à dire du mal de votre gaîté par humeur ou par modestie, et c'étoit à moi, comme étranger, à en dire du bien par justice.

Je suis, etc.

www.ingramcontent.com/pod-product-compliance
Ingram Content Group UK Ltd.
Pitfield, Milton Keynes, MK11 3LW, UK
UKHW020351220726
13923UKWH00004B/1606

9 782019 651701